Abs

In September 2013, the International Journal **National Geographic** published a physical map of what the Earth could look like in the not too distant future. A planet completely different from what we know today.

What are we really doing to contain the effects of global warming? And what if the melting process of the Arctic suddenly sped up?

We will no longer talk about a time in the *"future"* and all be faced to a *"now"*: we would be forced to act here, together, right now.

The Journey

Not much was known to us yet.

The only thing we were certain of, was that, after all those years of studies, predictions and warnings, it has finally happened.

Marco and Juna were on their way to Italy. There were no videos on the social media about it yet and fragmented news were broadcasted on the German radio: "The earthquakes continue to make Europe tremble and make us fear the worst for Italy. We are waiting for further details from our team on the ground, but it seems like immeasurable damage has been done..."

Marco left Venice years ago and Juna never dared to ask much about it. She knew that it was not a simple matter of economic crisis; there was more to it, something she sensed had to do with his father. Because of his dad's incurable drinking habits, things have never been well between them. The booze, the fights, the gambling; money won and immediately gone. It was the norm back then.

When Marco moved to Berlin, he felt like he was born anew. His new position at the Ministry of Cultural Heritage was all he ever dreamed of and he quickly fell in love with the German capital. *"The past is over"* - was his new motto and so, he never missed the chance to savor his new life filled with outing to all kinds of concerts, events and eccentric art exhibitions. Berlin was something else, something he's never experienced before. Completely free and careless, filled millions of individuals who looked forward to the future, without forgetting to enjoy the most of their lives. Nevertheless, the past for Marco has yet to be laid to rest, at least, some of it.

"Marco, we're almost at the border, what are we gonna do once we get there? It looks like the Austrians have blocked all the roads. I think they might be giving priority to international rescue. Whatever happened, it must be pretty bad" she said.

"Yeah, I see that too Juna. I'm trying to think of what we could do but nothing comes to mind. I only know that we absolutely must cross this frontier!" he replied with conviction.

"I have an idea. What about we show them our badges from the ministry and pretend we were sent to oversee the recovery of patrimonial heritage?" Juna suggested.

"Yeah that's a great idea! I only hope they won't make a fuss and ask for more papers... Hey, we're finally at the border! Let me go have a look and try to..."

"Nein!!!" she answered dryly. "You wait here. Trust me".

At the frontier of Austrian and Italian territories, the line-up was endless. Hundreds of cars stood still with their engines turned off. Some people were getting out of their cars seeking explanations; others had totally given up.

It was the month of July and so it was the summer holidays, half of Europe was on vacation, and what other holiday destination than Italy? The sea, the lakes, the impressive Dolomites but also delicious food, the high-fashion culture and incomparable history and art.

As Marco was thinking about this all, Juna made it to the custom agents with the documents in hand. She wasn't actually sure her plan would work, but she had to try.

Out of the blue, an agent at the checkpoint addressed her: "Miss, I can see your badge. It is from the German Federal Government, right? I imagine you're here for the same reasons as your colleagues from Vienna eh? They are in our office at the moment and should be leaving shortly. If you join them now, you'll be in Italy shortly. I must warn you, however, that near Verona you'll have to ask the Italian authorities for information. We only know that they are setting up a large emergency camp in order to provide help to the population".

It was too good to be true, Juna couldn't believe it! "Mission accomplished!" she thought. She quickly thanked the agent without asking too much and immediately rushed away.

"Quick, Marco!!! Take everything you need, we will pass with a team of ministry agents from Vienna" she exclaimed full of pride and satisfaction.

"Really? Oh Juna, *du bist Fantastisch! Fantastica!"* he shouted euphoric mixing up German and Italian. But they had to hurry, the others were now waiting for them.

Within minutes, the group boarded one of the Forest Guard Jeeps. Crossing the small mountain villages, they noticed that there seemed to be an agitation amongst the inhabitants. They kept trying to stop the Jeep, which they knew would transport diplomats. They wanted to know more about what happened and, often, for water.

"But I don t understand, why they keep asking us for water?" Marco reflected aloud.

Thomas, the Austrian guide who was the head of the little expedition group, answered: "Oh it's not that they're thirsty, they're just terrified of what's happening. Have you not heard!? Three massive earthquakes of magnitude seven hit the peninsula. Florence and Rome have suffered various damages but the worst hit was Venice. The water levels have risen enormously and the lagoon is now completely indistinguishable with the open sea. Everything has been submerged. That's why they're asking about the water".

Juna and Marco were astonished. They could not yet understand or even imagine a catastrophe of such magnitude. The cities destroyed were some of the most beautiful and historically important in the world, rich in art, but above all densely populated. It was a real geographic upheaval and one of the most serious humanitarian emergencies that Europe had ever seen.

"The scientists had foreseen everything, but the Italian government did nothing for years" added Martha, a South Tyrolean colleague of Thomas. "They did not listen to us when we explained the risks and consequences of global warming. Politicians continued to argue as they sat comfortably in their armchairs. All that major artistic heritage acquired over the centuries and never a plan to safeguard it, can you believe it? It was convenient for tourism, right? It brought most of the country's income and now... Venice is gone".

For Marco and Juna, that situation seemed absolutely strange and uncanny, almost unreal. From that moment onwards there was only silence on board.

The Revelation

The emergency camp was near Verona, just outside the city. Ambulances and helicopters of the Civil Protection were returning full of visibly shocked people. It all looked like a scene from a war movie. What was immediately obvious was the lack of organization. Everyone seemed to be running around and nothing was getting done. There were no precise orders yet, no action plan, nothing.

Rescuers did their best to find more lives to save. It was the Italian attitude: lack of coordination and means, but fortitude and sense of duty never failed.

Marco remembered that he kept a photo in his wallet. It was a picture of his father, with his name and date of birth written on it. He wanted to ask the rescuers workers if they have seen him, but Juna had another plan: "Listen, let's split up and try to figure out where they are bringing the injured. It is useless to stay amid this chaos. We have to go directly to the hospitals or the facilities where they're taking the survivors".

Marco began the search but the thought remained in his mind, repeating itself over and over: "He can't be dead, not yet. They surely must have saved him and brought him elsewhere, like Juna says".

At that moment from a Firefighter's helicopter shouts were heard: "Venice area! Ready for takeoff!". Instinctively and thoughtlessly, Marco jumped up aboard. He had an urge to see with his own eyes. He had to look for home, his home. He was incredulous of what Martha and Thomas said of the situation; it could not be true.

The helicopter took off and within seconds, everything became dramatically obvious: a huge expanse of water where there used to be roads, houses, fields and factories. Hundreds of cars were dragged by the current and dark spots of petrol made the situation even more dangerous.

Several people tried escaping the flood by clinging to light poles and trees; many more had climbed on the roofs of the higher buildings and remained there helpless, completely impotent in the face of the immense force of nature that had swept everything away.

And what was left of Venice? Nothing, a city under water. All but the tallest bell towers. Marco immediately recognized the bell of San Marco and he was taken by an unstoppable, hysterical and desperate laughter. He was at once rejoiced to see that symbol that used to make him so proud; *"The landlord"* as he had always called him affectionately. He also noticed the area of *Santa Croce*, where on Sunday afternoons he used to play football with all the other kids. The *Punta Della Dogana* was gone. It was one of his favorite places, the ridge between the *Canal Grande* and the Island of *Giudecca*.

The famous *Fenice* theatre, all the museums, the old churches, the narrow and long canals of that surreal yet very real labyrinth: the Adriatic Sea had come and taken it all away.

Marco used to collect quotes of important artists and at that moment, that of the great Truman Capote came to mind: ***"Venice is like eating an entire box of chocolate liqueurs in one go".***

It was just so: an explosion of works of art, colors and never-ending charm. Something unique and inimitable, something to be forever proud of. Nevertheless, within few hours that concentrate of history, art and beauty had disappeared. No more laps. No more *gondola* rides for tourists, no more exciting waiting for the next *Biennale*. The traditional Feast of the Redeemer? Historical Regattas and the Carnival? It was already part of the past, because it was true, damn true, Venice was gone.

The flight took just over half an hour and upon his return to the base, Juna was there, waiting for him.

"I've learned that most of the victims were taken to the cities of Milan and Brescia but it's still difficult to understand..."

Juna's sentence was interrupted by a heavy military helicopter that was landing just a few meters away from them. There must be some *big shots* on board, the two thought.

An army general was followed by several infantry soldiers out of the helicopter. It seemed they were carrying something, or rather, someone very important. Indeed, shortly thereafter, the Prime Minister appeared in person.

The few journalists scattered on the field gathered around the new arrival in a matter of seconds. "Prime Minister, what can you tell us? How many victims are there? Couldn't anything have been done to avoid the catastrophe?"

With a gesture of the hand, just like an old dictator, the official man silenced the crowd. Then responded with the useless and pathetic refrain, seen and heard over and over again: "As you can see, I'm here on the field with General Rossi and our crew of specialists and we'll do everything we can to..." the politician began.

"Shut up, you hypocrite!!! The responsibility lies with you politicians, it's yours alone!" Marco thundered in anger, among the group of journalists.

"You left us alone for years. You should be ashamed. You like money, huh? Where are the resources for the territory? Give us back our towns, our houses and give me back my father, now!" Marco raged, in a single breath.

He couldn't take it anymore. Everyone knew. Everyone in Italy had always known that the politicians were the real problem. The same shady individuals in power and the same promises never kept. The televisions and newspapers always in defense of the masters on duty while everything slowly collapsed. Corruption, degradation and the decline of what had once been a great country.

In the seconds following Marco's explosion, the crowd remained silent, no one even dared to breathe. The journalists recorded and got everything on camera. General Rossi approached the Premier and whispered: "Mr. Prime Minister, remember that we are broadcasted live on the national channel and in the middle of a nation-wide catastrophe".

The powerful old man had to get out of that embarrassing situation, as soon as possible.

"Who are you?" he asked.

"Who am I? Why does it matter!?" answered Marco. "I am an Italian citizen and I expect you to get to fulfill your duty immediately!"

Juna stepped forward. Emotionality did not lead anywhere and she felt she had to intervene quickly.

"Um... Excuse him Mr. Prime Minister, his father is amongst the missing and we are unable to trace him. You have to understand the tragic moment..." she said, making Marco retreat.

"I understand, miss, do not worry. We are here for this reason and we hope to rescue those still alive in the ruins. Please, speak with General Rossi and maybe you can get up-to-date news about search" the Premier said in turn.

General Rossi walked forward and invited them to follow. Marco wanted to keep on ridiculing that old fool in front of the whole nation, but Juna took him by the hand and walked him away. They had more important things to do.

In the small tent set up by the Italian Army, there were several technological devices. Images broadcasted through drones allowed the military to manage and coordinate aid. The maps had now to be redone. The geography of the whole area had totally changed.

"We know that you're looking for someone. It's not easy, but with the help of local authorities, we're keeping track of the people rescued. Here, you can have a look at our database. It's updated every minute" said aviation computer technician, Sergeant Felli.

He received specific orders to help Marco in his search for his father. Juna acted cleverly, once again, but somehow she now seemed troubled. She had never seen Marco so beside himself, with eyes red of hatred and that face fueled with anger. His voice also seemed unrecognizable. It was as if he was battling some old enemy within himself.

Except Marco has not changed. He was only experiencing strange feelings; he knew very well that it was better not to visit Italy too often for him. He wanted to avoid being constantly overwhelmed by memories of hope, anger, pride, and disappointment... It was all too difficult, if not impossible, to manage.

"There! Look! The photo of your father, I think it's the same than the one here in our list of rescues" exclaimed Sergeant Felli, while looking at one of the screens.

"Really? Does that mean he's alive? Let me see the file. Are you sure it's him? Where did they bring him?" asked Marco in one breath.

"Yes, he's Paolo Venier, born in Lido in 1951. He was taken to the Milan hospital in emergency a couple of hours ago. Actually, hold on...

...it seems Mr. Venier was transferred from another hospital" answered Felli.

"What do you mean? Was he already in another hospital then?" asked Marco worried.

"Yes, it looks like it. He was in a hospital in Venice for a few days but it doesn't say why, there's not much information about it. I'd advise you to board on the next helicopter and go to the Niguarda Hospital in Milan. Best of luck!".

"Thank you very very much Sergeant!" exclaimed Marco. They had to hurry, the helicopter was about to leave.

Freedom

On the opposite side of Lake Garda, everything had remained intact. Flying over those areas Juna remembered the happy moments with family, camping, by the lake. Every summer they chose a different destination, usually some place in Italy. Even if all these shocking events involved her directly as well, she stayed composed. All this could be fixed and she would help to do so.

Aboard the helicopter, the two found themselves in the midst of many rescued elders and children. They were soaked and all needed medical attention, but most importantly, they needed comfort and courage. Some of them cried incessantly with tears running down their cheeks, others remained silent, completely under shock.

Many of the youngest asked for their pets and some, less fortunate, for their siblings or parents. They had left everything behind and the chances of seeing them again were slight.

The helicopter landed in Milan and Marco helped the staff to move the patients whose conditions where precarious. Juna held two little girls in her arms and stepped down the vehicle before giving them to the care of the first available nurse.

"Are you ok? Where did they find you? Are you injured?" asked the same nurse.

Marco took out the photo of his father and held it up so she could see it: "We are fine, thank you. We are looking for this man, my father. We've been told that he has been transferred to your hospital"

The nurse nodded and pointed to the entrance: "Go to the third floor. There, you will find an information center where they can help you.

Remember to be patient as there are many people like you looking for their family members. Good luck!"

Marco took Juna by the hand and ran down the stairs. He felt so close to the goal, he was almost there. He no longer held thoughts of the past, he just wanted to see him and hold him in his arms. He was there and he was his father.

On the third floor a huge crowd waited for any updates about their relatives. The televisions had been turned off, in an attempt to quiet down the panic state of most people present.

Marco managed to make his way to the tiny reception at the far end of the room and addressing the nurse across the counter: "Paolo Venier, 1951. Brought here a few hours ago from Venice! I am his son"

The nervousness was palpable and the situation was unprecedented. The nurse immediately looked at the updated patient list and replied: "Mr. Venier, your father is in intensive care. They are trying to..."

"Tell me which floor and room please!" Marco cut her short.

"Room number 432 on this floor but you must know that..." she tried to continue.

Juna had already found the room just outside in the hallway and Marco did not hesitate to follow her. They had finally made it and could only think of seeing Paolo, alive and out of danger.

They stopped in front of the half-open door of the room and Marco took a deep breath. Juna put a hand on his shoulder and whispered: "Quiet. We're here now. You go in first."

The door opened almost by itself.

Marco took two big steps forward and his father was there. Yes, it was Paolo.

The old man teared from emotion, he did not expect this visit. He has not seen his son in so long and he was not ready for it, not yet.

Juna came forward and Marco introduced her as if they were a family dinner, in a normal life situation: "Dad, this is Juna, my girlfriend. I wanted you to meet her. I made it all the way here in great part thanks to her"

Paolo's crying slowly stopped. He did not say a word but the expression in his eyes said it all. The happiness to finally see his son again, after such a long time. Marco was safe, and this was what mattered most for him. He was speechless, but that moment of family communion was enough. Being together once again after all those years and in this extreme situation was unbelievable.

They noticed that Paolo was alone in the small room. He was connected to all kind of medical machinery and had difficulty breathing.

The old man made a gesture to beckon Marco over to sit next to him. Then, in a whisper, he said: "I'm sorry for how things went, back then. I was a fool and I lost my son. If only I could go back in time, it would be different..."

Marco barely managed to hold back his emotions. He did not know what to reply, anyways, it was not necessary. Everything was different now, they all knew it. He wanted to take his old man back to Berlin, his new home, and show him what a beautiful city it was. Surely, he would love to see all those parks and art galleries and..

A loud and sharp repetitive sound gave the alarm; Paolo's heartbeat was slowing down all of a sudden. Within seconds, without being able to say much more, Paolo lost consciousness.

Juna ran out to look for help. Two nurses arrived immediately and told Marco to leave the room. One of them followed him. She has been trying to tell him all along...

"Mr. Venier, I suppose you know that your father at the time of the tragedy was already in the hospital in Venice" she began.

"Yes, I've been told about it but I still do not know why. I live abroad, you see, and our relationship has always been a bit difficult..." he explained briefly.

"I see. Well, there are no easy ways to say it: your father has cancer and from his medical records, we see that he had almost a year of heavy treatment, there is nothing left for us to do. The tumor reached the stomach and is spreading fast. By then, the medical team in Venice already had ceased the chemotherapy" the nurse explained.

Juna returned just at that moment, in time to hear those last words. She was shocked. She stared into Marco's eyes, and embraced him in her arms, tightly, as if the stronger she held him, the more of his pain she could take on her.

Marco somehow seemed not have been shocked by this news. Illness and alcoholism went hand in hand and in that unruly life, Paolo had never wanted anything to do with doctors and medical examinations. Eventually something was bound to happen...

Paolo's eyes were half closed and his mouth remained open. He did not respond to his presence. The irregular breathing was that of one's last moments: he was dying.

It was all clear now. Marco was there for a reason. Something of extreme importance.

"He can still hear me" he thought.

In those final minutes, Paolo was there and he had to listen, he had to be able to leave in peace, without remorse.

Marco approached the bed and touched his father's hand. A flash of emotions pervaded him once again. In his mind, he went back to when as a child he loved his father in that innocent way kids love their parents. Memories of when they looked at the moon together on nights when the tide was high; or when Paolo talked to him openly about sex and love, as if they were two old friends at the cafè... and all the days spent on the boat fishing, free, under the sun.

Paolo had made him feel different from other kids. Others slept at night and went to church on Sundays. But not Marco... He was the son of Paolo Venier, the artist of yesteryear who everyone somewhat loved and feared. Who, however, cared about others. All what really mattered was freedom... to be really free.

"Dad, all is well... I love you!"

"Dad, I forgive you".

Thanks

To Veronika, for having supported, suggested and sustained me during the creation of this short-story book.

To all the extravagant, free-willed and remarkable individuals who make up the soul of the unique city where I live: thank you Berlin.

VENEZIA NON C'E' PIU'

Emanuele Missinato

Alle due città che amo da sempre:

a Berlino, a Venezia.

Self Publishing - Berlin 2018

Breve Intro

Nel settembre 2013 la rivista internazionale *"National Geographic"* ha pubblicato una mappa fisica di quella che potrebbe essere la Terra in un futuro non molto lontano. Un pianeta del tutto diverso da come lo conosciamo oggi.

Che cosa stiamo facendo realmente per contrastare gli effetti del riscaldamento globale? E se il processo di scioglimento dei ghiacciai accelerasse all'improvviso? Non parleremmo più di *futuro* e verremmo tutti immediatamente coinvolti. In pratica, saremmo costretti ad agire, qui, subito, adesso.

Il Viaggio

Non si sapeva ancora molto.

Si sapeva solo che dopo tutti quegli anni di studi, previsioni e allarmi, alla fine era successo.

Marco era già in viaggio verso l'Italia e con lui Juna. Sul web non girava ancora nessun video e la radio tedesca rilasciava notizie frammentarie: «La terra continua a tremare e a far temere il peggio in Italia. Non si hanno ancora notizie certe, ma sembra che i danni siano incalcolabili...»

A Venezia Marco aveva lasciato tutto anni prima e Juna non aveva mai osato chiedere troppo. Lei aveva capito che non si trattava della solita storiella della crisi economica, ma c'era dell'altro ed aveva a che fare con il padre. A causa di quel maledetto vizio del bere le cose tra loro non erano mai andate per il meglio. L'alcol, le risse, il Casinò, i soldi vinti e immediatamente persi. Le nottate in cui Marco a sei anni restava a casa da solo e il padre rientrava all'alba urlando o piangendo, a volte ridendo a squarciagola. Quella era la normalità allora.

Juna sapeva che l'argomento era delicato e lo evitava. D'altronde non c'era bisogno di affrontarlo. Marco a Berlino era completamente rinato. Il posto al Ministero dei Beni Culturali era tutto quello per cui aveva studiato e lui della capitale tedesca si era innamorato fin da subito. *"The Past is Over"* - amava ripetersi - e non perdeva occasione per assaporare la sua nuova vita fatta di concerti, eventi e mostre d'arte più strampalate, tutto assieme a lei ovviamente.

Juna era la classica ragazza tedesca, calma e pragmatica, che sapeva sempre raggiungere l'obiettivo evitando rischi e imprevisti inutili.

Berlino era un altro mondo. Un mondo del tutto libero e unico, dove migliaia di individui e personalità diverse guardavano avanti, pur godendosi il presente. Ma il passato per Marco non era ancora finito, non del tutto almeno.

«Marco, siamo quasi al confine, cosa faremo una volta arrivati? Sembra che gli Austriaci abbiano chiuso la frontiera per dar precedenza ai soccorsi internazionali. Deve essere sicuramente accaduto qualcosa di molto grande» disse lei.

«Ci sto pensando ma non mi viene in mente niente Juna. So solo che dobbiamo assolutamente riuscire a passare!» rispose lui convinto.

«Io un'idea ce l'avrei. Potremmo provare con le nostre tessere del Ministero e dire di essere stati mandati a sovraintendere al recupero delle opere artistiche» propose Juna.

«Ottima idea, bravissima! Speriamo solo che non facciano troppe storie. Eccoci al confine finalmente! Scendo e provo a...»

«*Nein!!!*» rispose lei in modo secco. «Tu aspettami qui. Fidati di me. Sei troppo preso da tutto questo, lascia fare a me».

Al confine del Brennero tra Austria e Italia la coda era interminabile. Centinaia di auto restavano ferme a motori spenti. Qualcuno scendeva dal proprio veicolo in cerca di spiegazioni, altri aspettavano rassegnati. Era luglio e a luglio mezza Europa va in vacanza, e dove se non in Italia? Il mare, i laghi, le imponenti Dolomiti ma anche il cibo favoloso, la moda, il *design* e le opere d'arte uniche al mondo.

In quel momento non si capiva ancora un granché. Sembrava la solita coda di turisti destinati ad attendere per ore e ore sotto al sole, prima di poter finalmente lasciarsi andare.

Juna, intanto, raggiunse la Dogana con i documenti già pronti in mano. Non era poi così sicura che il piano funzionasse ma doveva provarci.

Inaspettatamente, un agente al posto di blocco esclamò: «Vedo il suo tesserino signorina! E' del

Governo Federale Tedesco. Immagino sia la stessa ragione per cui da Vienna hanno mandato un *team* di suoi colleghi. Sono qui nei nostri uffici e ripartiranno a breve. Si unisca a loro e in pochi minuti sarete in Italia. La avverto però, che una volta nei pressi di Verona, dovrete chiedere informazioni alle autorità italiane. Sappiamo solo che stanno allestendo un grande campo-base da dove coordinare i soccorsi».

A Juna non sembrò vero, «missione compiuta» pensò. Ringraziò l'agente senza far troppe domande e corse immediatamente ad avvisare Marco.

«Hey hey ragazzo!!! Prendi tutto il necessario e lascia l'auto nell'area di servizio. Passeremo con un *team* di colleghi mandati da Vienna» urlò fiera e soddisfatta.

«Oh Juna, *du bist Fantastisch!* Fantastica come sempre» rispose lui euforico in un misto di italiano e tedesco. Ma dovevano fare in fretta, gli altri li stavano aspettando.

In pochi minuti il gruppo salì a bordo di una delle Jeep della Guardia Forestale. Attraversando i piccoli borghi di montagna, notarono che gli abitanti sembravano essere piuttosto agitati. Questi infatti, continuavano a fermarli e a far loro domande, volevano saperne di più. Spesso chiedevano dell'acqua.

«Ma non capisco, vogliono dell'acqua?» si chiese Marco ad alta voce.

Fu Thomas a rispondere, la guida Austriaca che stava portando tutti a destinazione: «Oh no, non hanno sete. Sono terrorizzati da quel che sta accadendo. Ma come, non avete sentito? Ben tre scosse di terremoto di magnitudo cinque hanno colpito la penisola. Firenze e Roma hanno subìto diversi danni ma il peggio si è abbattuto sul territorio di Venezia. Il livello dell'acqua si è alzato enormemente e la laguna è ormai mare aperto. Tutto è stato sommerso. Per questo chiedono... dell'acqua».

Juna e Marco rimasero esterrefatti. Non potevano ancora comprendere e nemmeno immaginare una catastrofe di tale portata. Quelle di cui parlava Thomas erano alcune tra le città più belle e importanti al mondo, ricche d'arte e soprattutto densamente popolate. Un vero e proprio sconvolgimento geografico e una delle più gravi emergenze umanitarie che l'Europa avesse mai visto.

«Gli scienziati avevano previsto tutto, ma il Governo italiano non ha fatto nulla per anni» aggiunse Martha, collega altoatesina di Thomas. «Non ci ascoltavano quando spiegavamo loro i rischi e le conseguenze del riscaldamento globale. I politici continuavano a litigare e a spartirsi cariche e poltrone. Tutto quell'incredibile patrimonio artistico ereditato nei secoli e mai un piano per salvaguardarlo. Faceva comodo però al Turismo, no? Era addirittura una buona parte del PIL! E ora... Venezia non c'è più».

Per Marco e Juna quella situazione sembrava ancora così strana e assurda, quasi irreale. E da quel momento a bordo ci fu soltanto silenzio.

La Ricerca

Il campo-base era effettivamente nei pressi di Verona, poco fuori città. Ambulanze ed elicotteri della Protezione Civile partivano vuoti e tornavano carichi di persone visibilmente shoccate. Erano scene da film di guerra. Ciò che saltava subito all'occhio era la mancanza di organizzazione. Tutti facevano tutto. Non c'erano ancora ordini ben precisi, nessun piano d'azione. I soccorritori facevano il possibile per individuare i luoghi in cui trovare più vite da salvare. Era l'Italia: mancavano coordinamento e mezzi ma il cuore e il senso del dovere no, quelli non mancavano mai.

Tutto ad un tratto Marco si ricordò della foto che teneva nel portafogli. Era la foto di suo padre con scritto dietro nome e data di nascita. L'idea era quella di chiedere agli operatori sul campo se lo avessero visto o addirittura soccorso ma Juna propose un piano migliore:

«Ascolta, dividiamoci e cerchiamo di capire dove portano le persone messe in salvo. E' inutile restare qui in mezzo a questo caos. Dobbiamo recarci direttamente negli ospedali o nelle strutture dove accolgono i superstiti»

Marco iniziò subito la ricerca con un pensiero fisso in testa: «Non può essere morto, non ancora. Lo avranno sicuramente salvato e portato altrove come dice Juna»

Fu in quel momento che da un elicottero dei Vigili del Fuoco si sentì urlare: «Pronti al decollo! Giro di perlustrazione Venezia!» D'istinto, senza pensarci un attimo, Marco saltò su. Doveva vedere con i suoi occhi. Doveva cercare *Casa*. Non poteva credere a quel che avevano detto Thomas e Martha durante il viaggio. Semplicemente, non poteva accettarlo.

L'elicottero prese quota e in pochi secondi tutto diventò drammaticamente chiaro: un'enorme distesa d'acqua al posto di strade, case, campi e fabbriche. Centinaia di auto trascinate dalla corrente ed enormi chiazze nere di gasolio che rendevano la situazione ancora più grave e pericolosa.

Parecchie persone si erano messe in salvo aggrappandosi a pali della luce e ad alberi ancora in piedi. Molti salivano sui tetti delle case più in alto e restavano inermi a guardare, del tutto impotenti di fronte alla forza immensa della natura che spazzava via ogni cosa.

E Venezia? Tutto era sott'acqua. Tutto tranne i campanili. Marco riconobbe subito quello di San Marco e gli venne da ridere, una risata isterica e incontrollabile. Era felice di ritrovare quel simbolo che lo aveva reso così fiero e orgoglioso. *"Il Padrone di casa",* lo aveva sempre chiamato affettuosamente. Riconobbe anche la zona di Santa Croce, dove la domenica pomeriggio giocava a pallone con tutti gli altri bambini. La Punta della Dogana non c'era più. Era uno dei suoi posti preferiti, lo spartiacque tra Canal Grande e l'isola di Giudecca. La Fenice, i Musei, le chiese, le strette e lunghe calli di quel labirinto surreale ma vero. Il Mar Adriatico si era preso e portato via tutto.

Da sempre, Marco annotava frasi di artisti celebri e in quel momento, senza un perché, gli venne in mente quella del grande Truman Capote:

"Venezia è come mangiarsi un'intera scatola di cioccolatini al liquore, tutti in una volta sola"

Era proprio così. Un'esplosione d'arte, colori e fascino d'altri tempi. Qualcosa di unico e inimitabile, qualcosa di cui andare fieri per sempre. Ma in poche ore, quel concentrato di storia, arte e bellezza se ne andò. Niente più giri in gondola per i turisti e nessuna grande attesa per la prossima Biennale. E la Festa del Redentore? Le regate storiche e il Carnevale? Faceva già tutto parte del passato, perché era vero, dannatamente vero, Venezia non c'era più.

Il giro di ricognizione durò poco più di mezzora e tornato alla Base, Juna era lì ad attenderlo.

«Ho scoperto che la maggior parte delle vittime vengono portate a Milano e Brescia ma è ancora difficile capire...»

Juna non riuscì a finire di parlare che un enorme elicottero militare atterrò proprio a pochi metri da loro. Dovevano esserci dei pezzi grossi a bordo, pensarono i due.

A scendere furono un Generale dell'esercito seguito da diversi militari semplici. Dalle loro espressioni sembrava che stessero trasportando qualcosa, o meglio, qualcuno di molto importante. E infatti, di lì a poco, comparve il Primo Ministro in persona.

I giornalisti sparpagliati sul campo arrivarono tutti nel giro di pochi secondi. «Presidente, Presidente cosa ci può dire? A quanto ammontano le vittime? Non si poteva proprio fare nulla prima?»

Con un fare da vecchio dittatore, il Premier li fece tacere per poi attaccare con l'inutile e patetico ritornello. Era sempre quello, visto e sentito più volte. Si, perché i segnali negli anni non mancarono: violente tempeste e gravi alluvioni mai registrate prima. Scosse di terremoto che fecero decine di vittime, lasciando città mezze distrutte e mai più ricostruite.

«Come potete vedere, sono qui sul campo con il Generale Rossi e i nostri specialisti e faremo di tutto per...» iniziò il politico.

«Stia zitto ipocrita!!! La responsabilità è di Voi politici, soltanto vostra!» tuonò Marco all'improvviso, in mezzo al gruppetto di giornalisti. «Ci avete lasciati soli per anni. Dovreste vergognarvi. Vi piacciono i soldi eh? Dove sono finite le risorse per il territorio? Ridateci i nostri paesi, le nostre case e ridatemi mio padre, subito!» continuò Marco, senza neanche un respiro.

Non ce la faceva più. Tutti sapevano. Tutti in Italia avevano sempre saputo che la politica era il vero problema. Gli stessi loschi individui al potere e le stesse promesse mai mantenute. Le televisioni e i giornali schierati a difesa del padrone di turno mentre tutto crollava pian piano. Corruzione, degrado e declino di quello che una volta era stato un grande Paese.

In quei secondi di sfogo nessuno osò fiatare. I giornalisti registrarono e ripresero tutto. Il Generale Rossi avvicinandosi al Premier, sussurrò: «Si ricordi che siamo in onda nazionale nel bel mezzo di una catastrofe»

Il ricco e arrogante settantenne doveva uscire da quell'imbarazzo e al più presto.

«Chi è Lei?» chiese lui.

«Chi sono io? Non ha importanza!» rispose Marco. «Sono un Cittadino Italiano e pretendo che lei si metta immediatamente al lavoro! Oppure sparisca e lasci questo Paese rinascere una volta per tutte!»

Juna si fece avanti. L'emotività non portava da nessuna parte e sentiva di dover intervenire rapidamente.

«Ehm... lo scusi Presidente, il padre è tra i dispersi e non riusciamo a trovarlo. Potrà comprendere il momento tragico...» recitò lei facendo indietreggiare Marco. Era un assist perfetto per il politico e lei lo sapeva.

«Capisco signorina, non si preoccupi. Siamo qui anche per questo e speriamo di ritrovare vive più persone possibili. La prego, ora parli con il Generale Rossi e magari potrà ottenere notizie aggiornate per la vostra ricerca» recitò a sua volta il Premier.

Il Generale Rossi fece subito un passo avanti e invitò i due a seguirlo. Marco avrebbe voluto continuare a distruggere l'immagine di quel buffone davanti al mondo intero ma Juna lo prese per mano e trascinò via. Avevano di meglio da fare.

64

Nella piccola tenda allestita dall'Esercito Italiano si trovavano diverse apparecchiature, tra cui alcuni computer portatili accesi. Le immagini dei droni in tempo reale permettevano ai militari di gestire e coordinare gli aiuti. Le carte geografiche erano ormai da rifare. Tutto era mutato. Il territorio non era più lo stesso.

«So che siete alla ricerca di qualcuno. Non è facile ma con l'aiuto delle autorità locali stiamo tenendo un primo conteggio delle persone messe in salvo. Ecco, potete dare un'occhiata al nostro *Database*. Viene aggiornato minuto per minuto» disse il Tecnico Informatico dell'Aviazione, Sergente Felli.

Aveva ricevuto ordini ben precisi di aiutare Marco nelle sue ricerche. Juna aveva fatto la mossa giusta ancora una volta ma sembrava alquanto turbata. Non aveva mai visto Marco così, con quegli occhi rossi colmi di rabbia e il viso tirato. La sua voce poi, non era più la stessa. Sembrava stesse lottando contro un vecchio nemico. Ma Marco non era cambiato. Stava soltanto affrontando un misto di emozioni e sentimenti che si era lasciato alle spalle. Lui d'altronde lo sapeva bene, sapeva che era meglio non tornare troppo di frequente in Italia. Voleva evitare di venire travolto da mille ricordi fatti di speranza, rancore, orgoglio, delusione... una vera e propria bomba emotiva troppo complicata, se non impossibile, da gestire.

«Eccolo! Credo che la foto di suo padre sia la stessa che abbiamo qui nel nostro archivio» osservò il Sergente Felli, davanti al computer.

«Davvero? E' Vivo? La prego ingrandisca la foto, voglio essere sicuro. E dove si trova esattamente?» esclamò Marco incredulo.

«Si, è proprio lui: Paolo Venier, nato al Lido nel 1951. E' stato portato e ricoverato d'urgenza a Milano un paio d'ore fa. Ma in realtà sembra che il

Signor Venier sia stato trasferito da un ospedale all'altro» specificò Felli.

«Cosa intende? Era già ricoverato in un ospedale?» domandò Marco preoccupato.

«Esattamente! Sembra che si trovasse già da qualche giorno nell'ospedale di Mestre ma qui non vedo altre informazioni. Vi consiglio di salire a bordo del prossimo elicottero e raggiungere l'ospedale Niguarda di Milano, è lì che lo hanno portato. Buona fortuna ragazzi!»

Marco e Juna si affrettarono a lasciare la tenda, ma in quel momento la stanchezza cominciò a farsi sentire. E poi i pensieri: «Come mai si trovava in ospedale? Perché non aveva detto niente?» Anche Juna sembrava dar segni di cedimento. Avrebbe voluto riposare anche solo per un attimo.

Il Sergente Felli uscì a sua volta dalla tenda e capì che i due avevano bisogno di un piccolo aiuto. Offrì loro dell'acqua e indicò il punto esatto dove trovare l'elicottero per Milano. «Grazie Sergente! Grazie mille, veramente!» esclamò Marco, più che riconoscente. Ma dovevano fare in fretta, l'elicottero stava partendo.

La Libertà

Sulla riva opposta del lago di Garda tutto era rimasto fortunatamente intatto. Sorvolando quelle zone Juna ricordava i momenti felici con la famiglia in campeggio, proprio in riva al lago. Ogni estate sceglievano una meta diversa e quasi sempre in Italia. Era nel Belpaese che aveva deciso di diventare archeologa, dopo aver visitato Napoli e Pompei. Tutto quel che stava accadendo la coinvolgeva eccome ma doveva usare la testa, si ripeteva. Non poteva farsi trascinare dagli eventi. Marco aveva bisogno di lei e poi molte cose si potevano e dovevano sistemare.

A bordo dell'elicottero i due si ritrovarono in mezzo a diversi anziani e bambini. Erano stati messi in salvo dopo aver disperatamente lottato contro acqua e macerie. I detriti li avevano colpiti più volte ma nessuno di loro era in pericolo di vita. Avevano bisogno di cure mediche e più di ogni altra cosa, avevano bisogno di conforto e coraggio. Alcuni di loro piangevano senza sosta, altri restavano fermi in silenzio, completamente sconvolti.

I piccoli chiedevano in continuazione dei loro animali domestici, le probabilità di rivederli erano ormai nulle. Prima gli esseri umani d'altronde. Gli stessi umani che per decenni, nonostante dati e studi ufficiali, restarono stupidamente ad attendere il peggio. Distratti dalla vita comune e da un continuo sfruttamento senza senso. Nessuno aveva avuto voglia di intervenire. Nessuno pensò di agire per assicurare un futuro migliore ai propri figli e nipoti. Era tardi ormai.

L'elicottero arrivò a Milano e Marco aiutò i soccorritori con i pazienti più gravi. Juna prese in braccio due bimbe di pochi mesi e le affidò alla prima infermiera disponibile.

«Ragazzi tutto bene? Dove vi hanno trovato? Siete feriti?» chiese la stessa.

Marco le mostrò la foto: «Stiamo cercando questo signore, è mio padre e sappiamo che è ricoverato qui. Noi stiamo bene, grazie»

L'infermiera annuì e indicò loro l'entrata: «Scendete al terzo piano. Lì troverete un Centro Informazioni dove potranno aiutarvi. Sappiate solo che ci sono moltissimi famigliari alla ricerca dei propri cari, come voi. In bocca al lupo!»

Marco prese Juna per mano e iniziò a scendere rapidamente le scale dell'edificio. Sentiva di averlo trovato, doveva essere lì. Non pensava più al passato, voleva solamente rivederlo e riabbracciarlo. Tutto era stato portato via, tutto. E mentalmente era come ripartire da zero. Basta rancori. Lui era lì, ed era suo padre.

Al terzo piano un'enorme folla di parenti delle vittime aspettava notizie. Le televisioni erano state spente, non c'era bisogno di guardare quelle assurde immagini all'infinito. Tutto ciò che voleva quella gente era di poter riabbracciare i propri cari.

Marco riuscì a farsi largo fino alla minuscola *reception* in fondo alla sala e guardando l'infermiera al di là del bancone esclamò: «Paolo Venier, 1951. Portato qui poche ore fa da Venezia! Sono il figlio»

Il nervosismo era palpabile e la situazione non aveva precedenti. L'infermiera diede subito un'occhiata alla lista aggiornata dei pazienti e rispose: «Capisco, signor Venier. Suo padre è in terapia intensiva. Stanno cercando di...»

«Mi dica il piano e la stanza la prego!» tagliò corto Marco.

«Stanza numero 432 di questo piano ma deve sapere che...» provò a continuare lei.

Juna aveva già individuato la stanza nel corridoio e Marco non esitò a seguirla. Erano finalmente arrivati e non vedevano l'ora di incontrare Paolo, vivo e fuori pericolo.

Si fermarono davanti alla porta semi aperta della stanza e Marco prese un respiro profondo. Juna gli mise una mano sulla spalla e sussurrò: «Con calma. Ormai ci siamo. Entra tu per primo»

La porta si aprì quasi da sola.

Marco fece due grandi passi avanti e suo padre era lì. Si, era proprio lui.

Dagli occhi increduli del vecchio iniziarono a scendere lacrime di commozione. Non se l'aspettava, non era pronto, non ancora.

Anche Juna si fece avanti e Marco gliela presentò come fossero tutti ad una prima cena in famiglia: «Papà, questa è Juna ed è la mia ragazza. Volevo fartela conoscere. Siamo qui anche grazie a lei!»

Paolo si calmò. Non disse una parola ma gli occhi parlavano chiaro, era finalmente felice di rivedere suo figlio. Marco stava bene e questa era la cosa più importante. Mancavano le parole ma in quel momento bastava essere lì, dopo tutti quegli anni, nuovamente insieme.

Juna notò che in quella piccola stanza Paolo era da solo. Lo avevano collegato a dei macchinari e respirava a fatica.

Il vecchio fece improvvisamente segno a Marco di avvicinarsi e di sedersi accanto. Poi, con un filo di voce debole confidò: «Mi dispiace per come è andata. Sono stato uno stupido selvaggio. Ho perso mio figlio. Se solo potessi tornare indietro...»

Marco riuscì a trattenere le lacrime a stento. Non voleva dire niente. Non serviva. Era tutto diverso ora. I pensieri erano quelli di una vita nuova, con il padre finalmente accanto. Avrebbe potuto portarlo con sé a Berlino e fargli conoscere quella splendida città. Di sicuro avrebbe amato tutti quei parchi e le gallerie d'arte e...

Un suono forte e acuto diede l'allarme, il battito cardiaco di Paolo stava cedendo. Nel giro di pochi secondi, senza riuscire a dire altro, Paolo perse conoscenza.

Juna corse subito a cercare un dottore. Due infermiere arrivarono pochi istanti dopo chiedendo a Marco di uscire dalla stanza. Una delle due lo seguì. Doveva riferirgli qualcosa.

«Signor Venier, immagino Lei sappia che suo padre al momento della tragedia a Venezia, si trovava già ricoverato in ospedale» esordì lei.

«Si, l'ho saputo ma non ne so ancora il motivo. Mi scusi, vivo all'estero e i rapporti con mio padre sono sempre stati un po' difficili...» spiegò brevemente lui.

«Capisco. Suo padre ha un cancro e dalla sua cartella clinica abbiamo rilevato che dopo quasi un anno di cure e tentativi, per lui non c'è più niente da fare. Il tumore ha raggiunto lo stomaco e all'ospedale di Mestre avevano già cessato il trattamento di chemioterapia. Non c'è più modo di intervenire, ci dispiace» aggiunse l'infermiera.

Juna tornò proprio in quel momento, giusto in tempo per ascoltare quelle ultime drammatiche parole. Fissò Marco negli occhi per un attimo e non sapendo più cosa dire, lo abbracciò forte.

Ma Marco non sembrava essere rimasto poi così sorpreso. Malattia e alcolismo andavano di pari passo e in quella vita sregolata Paolo non aveva mai voluto saperne di dottori e visite mediche. Prima o poi, a causa di quel maledetto vizio, qualcosa sarebbe successo.

Marco decise di rientrare nella stanza.

Paolo aveva gli occhi semichiusi e la bocca restava aperta. Non si muoveva più. Il goffo respiro era quello degli ultimi attimi, se ne stava lentamente andando.

Era tutto chiaro ora. Marco era lì per qualcosa. Qualcosa di estremamente importante.

«Può ancora sentirmi, può ancora sentirmi» Ci sperava, ne era convinto. In quegli ultimi secondi Paolo era ancora lì e doveva stare a sentire, doveva poter andarsene in pace, senza rimorsi.

Marco si avvicinò e gli sfiorò la mano. Un *flash* di emozioni lo pervase ancora una volta. Ritornò con la mente a quando da bambino adorava star vicino a quell'uomo così speciale. Un'idealista che non aveva mai smesso di sognare. I ricordi di quando guardavano insieme la luna nelle notti di alta marea. E quando Paolo gli parlava apertamente di sesso e amore, come fossero due vecchi amici al bar. E tutte quelle intere giornate passate in barca a pescare, liberi al sole.

Paolo lo aveva fatto sentire un bambino diverso. Gli altri la notte dormivano e la domenica andavano in chiesa. Ma Marco no. Lui era figlio di Paolo Venier, quell'artista d'altri tempi che tutti un po' amavano e temevano. Ma chi se ne fregava degli altri. Era la libertà quel che contava. La Libertà.

«Papà, va tutto bene... ti voglio bene»

«Papà, ti perdono».

Grazie

di cuore a Veronika che mi ha seguito, suggerito e sopportato durante la creazione di questa piccola storia. E a tutti i pazzi, unici e liberi abitanti di Berlino che senza neanche saperlo, rendono questa città speciale ogni giorno.

Printed in Poland
by Amazon Fulfillment
Poland Sp. z o.o., Wrocław